AF354370

Jakob Elias Poritzky

Gespenstergeschichten

e-artnow 2018

Jodocus Temme
Alte deutsche Sagen, Grusel-Märchen & Horror-Legenden: Westphälische
Sagen und Geschichten, Die Volkssagen der Altmark & Die Volkssagen von
Pommern und ... & Die Volkssagen von Pommern und Rügen

Ludwig Bechstein
Deutsches Sagenbuch (1000 Sagen)

Wilkie Collins
Gesammelte Werke: Der Mondstein, Das Duell im Walde, Blinde Liebe, Die
Frau in Weiß, John Jagos Geist, Ein Tiefes Geheimnis, ... Willen, Fräulein Mor-
ris und der Fremde...

Anton Dietrich
Russische Volksmärchen: Eine Sammlung der schönsten Märchen Russlands
mit einem Vorwort von Jacob Grimm

Lafcadio Hearn
Phantasien

Jakob Elias Poritzky

Gespenstergeschichten

Spannende Gruselgeschichten: Muabali + Die versunkene Stadt + Die Versteinerten + Das Gespenst + Bachar Japhet

e-artnow, 2018
Kontakt: info@e-artnow.org
ISBN 978-80-273-1862-9

Inhaltsverzeichnis

Muabali

> Am Ende hängen wir doch ab
> Von Kreaturen, die wir machten.

Goethe.

Als ich jüngst nach Hause kam – ich war in einer Gesellschaft, und ich gestehe, daß ich dort ein bißchen viel von dem schweren Burgunder getrunken hatte – und eben die Tür hinter mir geschlossen hatte, hörte ich plötzlich ein klägliches Gewimmer auf der Treppe. Es war nachts zwischen zwölf und ein Uhr; aber ich ängstigte mich durchaus nicht während dieser verruchten Stunde, die den unheilspinnenden Geistern gehört. Wenn diese verfluchten Seelen wandern müssen – was geht es mich an?

Ah, und doch...

Als ich noch einmal die Tür öffnete, um zu erlauschen, wer so verzweifelt jammerte, konnte ich nicht den geringsten Laut eines lebendigen Wesens vernehmen. Zu sehen war nichts; der Treppenflur war teerschwarz. Ich fragte, wer da sei, horchte eine Weile mit gespannter Ängstlichkeit in die Finsternis hinaus, aber es erfolgte keine Antwort. Nur hatte ich, während all meine Nerven etwas Ungewöhnliches erwarteten, das bestimmte grauenvolle Gefühl, als sei jemand an mir vorbeigeschlichen und in den langen Korridor meiner Wohnung hereingekommen und habe sich da verborgen. Das Wimmern in dem Treppenhause war verstummt. Ich fürchtete mich, die Korridortür zu schließen, damit ich – im Falle sich jemand eingeschlichen haben sollte, von dem mir Gefahr drohte – nicht von den übrigen Hausbewohnern abgeschnitten sei, und suchte nun mit fieberigen Händen nach Streichhölzern.

Ehedem hatte ich – wie viele Raucher – in jedem Zimmer, wo es gerade anging, eine Schachtel mit Feuerzeug liegen; aber seit die Zündhölzer so teuer geworden sind, beschränke ich mich darauf, eine einzige Schachtel im Gebrauch zu haben, die ich bei mir trage. Ich wollte Licht anzünden, aber es war kein Hölzchen mehr in dem Kästchen. Auch in der Küche fand ich keins. Indes ich angstvoll und nervös nach dem Feuerzeug suchte, schlich etwas um mich herum – ich streckte die Hand aus gut Glück in die leere Dunkelheit hinein; aber ich griff ins schwarze Nichts.

»Wer ist denn da!« rief ich, heiß vor Angst und Erregung.

Keine Antwort.

»Ich werde schießen,« drohte ich laut, um die Wellen der Furcht, die in mir hochgingen, durch den Lärm meiner eigenen Worte zu besänftigen.

Aber es erfolgte keine Antwort...

Dann, fast wahnsinnig vor Wut und Grauen, warf ich mich zu Boden und begann leise umherzukriechen, immer hoffend und fürchtend, etwas Gräßliches zu greifen oder von einer übernatürlichen Erscheinung ergriffen zu werden. Die Narkose der Dunkelheit betäubte mich fast, und das Herz klopfte mir bis in den Hals hinauf. Indes ich so auf den Knien umherkroch, zornig und furchtsam zugleich, stieß mein Kopf plötzlich mit solcher Heftigkeit an die scharfe Kante irgendeines Möbels, daß ich bewußtlos wurde und umsank.

Ich weiß nicht, wie lange ich so gelegen haben mochte; als ich wieder zu mir gekommen war, lag ich auf der Chaiselongue in meinem Zimmer, ohne daß ich wußte, wie ich dahin gelangt war. Als ich aufschaute, sah ich – so wahr ich lebe! – eine schöne Frauengestalt neben mir stehen, die in völliges Schwarz gekleidet war. Bleiches grünes Mondlicht fiel zum Fenster herein und erhellte mein Zimmer so gut, daß ich ganz deutlich das Gesicht der seltsamen Frau betrachten konnte, die schweigend neben mir stand.

Ihr Antlitz war gelb wie altes Elfenbein und mit einem blumigen Hauch getönt – wie jene kostbaren gelben Rosen, die so stark duften – und ihre Augen waren auffallend leuchtend und groß. Plutarch erinnert daran, daß die Pupillen der Katze im Vollmond sich erweitern, beim Abnehmen des Mondes sich aber wieder zusammenziehen und an Glanz einbüßen. Daran mußte ich denken, als ich die sonderbaren und unwirklich großen Augen der schweigsamen Frau sah. Ihr kleiner, schöngeschweifter Mund war rot wie Kirschsaft.

Ich schnellte empor und rieb mir den Kopf, der von dem Stoß noch heftig schmerzte. Jetzt fiel mir wieder alles ein, und es überlief mich schaurig, als striche mir eine Totenhand über den Körper.

»Wer sind Sie?« fragte ich; »wie kommen Sie hierher? Waren Sie es, die so gejammert hat, wie ein kleines, hilfloses Kind? Warum schlichen Sie sich so verstohlen ein und auf diese seltsame Weise?«

Und als sie noch immer nicht antwortete, schrie ich, maßlos vor Erregung: »Was wollen Sie?«

Die Kopfhaut tat mir weh vor wahnsinniger Angst. Und im stillen dachte ich: »Was alles in diesem Berlin passiert!«

Ich richtete noch einen ganzen Schwall törichter, konventioneller Fragen an sie; aber ich fragte nur aus Angst und durchaus nicht aus Neugierde. Denn je mehr ich fragte, desto klarer wurde es in mir, daß dies nicht mit rechten Dingen zugehen konnte. Das erste, was ich mir dann im stillen vornahm, war dies: keinem Menschen von dem Erlebnis zu erzählen. Niemand wird mir das glauben, sagte ich zu mir; meine Freunde werden sagen, ich hätte geträumt oder sei betrunken gewesen. Sie werden mich auslachen, obwohl sie genau wissen, daß gerade mir immer die sonderbarsten Dinge begegnen.

Die schwarze Unbekannte stand noch immer neben mir, ohne sich zu bewegen, nur ihre Augen funkelten und glänzten wie Jett.

Die lächerlichsten Gedanken huschten durch meinen Kopf. Ich wollte ans Fenster stürzen und in den Garten hinunterspringen; ich wollte an die Rettungsstation telephonieren, die Polizei herbeirufen, wollte durch mein Geschrei den Portier des Hauses wecken, der wahrscheinlich wie ein Brummkreisel schnarchte, während ich hier in tausend Ängsten stand; aber als ob dies sonderbare, stumme Wesen neben mir gehört hätte, wie ich diese feigen Vorsätze in mir erwog, lachte es jetzt. Ich stellte mir immer vor, daß Gespenster so lachen müßten, wie meine Unbekannte lachte.

Sie hielt mir die Hand hin, die ich begierig ergriff. Ihre Hand war weich wie Sammet, warm, allerliebst, reizend, fein, zart und eigenartig; eine seltsame, gefährliche, nervöse Hand, deren Nägel sich wie sanfte Krallen in mein Fleisch preßten.

Sie winkte mir, ihr zu folgen.

Und wir schritten zum Fenster; aber ich hörte nur meine Schritte auf dem Teppich.

»Schlafe ich denn, zum Teufel?« fragte ich mich wieder und sah mich im Zimmer um, wo alles – Bücher, Bilder, Vasen – an gewohnter Stelle stand. Kein Zweifel, ich war vollkommen wach …

Wie ich in den Garten des Hauses gekommen bin, weiß ich nicht mehr. Ob wir hinuntersprangen oder flogen – bei Gott! – ich weiß es nicht mehr.

Der Garten war ganz in magischem Licht gebadet, und ich sah deutlich die dünnen Zweige der Sträucher, an denen kaum das erste Grün sproßte. Es war der achte oder neunte Mai – eine wundervolle Frühlingsnacht. Es war, als sei ein schwarzblauer Baldachin über dem Garten ausgebreitet, der mit blanken Messingnägeln am Himmel befestigt worden sei. Das zärtliche Himmelslicht überflutete mit seinem Silberschein den stillen Garten, der wie im Zauberschlaf dalag, als hätte Gott die Nacht auch für ihn gemacht, wie er sie für die Menschen geschaffen hat, damit sie in Bewußtlosigkeit versinken und alles Leid des Tages vergessen. Eine unbestimmte qualvolle Unruhe erfüllte mich, als ich die schwarze Dame betrachtete.

Das verführerische Gestirn beglänzte ihre biegsame Gestalt, und als von einem Dache der angrenzenden Häuser das sehnsüchtige Klagen umherstreichender Katzen herabscholl, winkte sie stumm hinauf, als wollte sie sagen: »Ich komme gleich!« vielleicht hatte sie auch Macht über sie und gebot ihnen nur zu schweigen.

Die Luft war warm und umfloß mich wie ein Bad.

Ich betrachtete meine stumme Begleiterin jetzt genauer und glaubte sie endlich als eine Gestalt wiederzuerkennen, die mir manchmal in meinen Träumen begegnet war,

»Bist du es?« fragte Ich, aber meine eigene Stimme schien von weit, weit her zu kommen und klang fremd. »Bist du Muabali?«

Sie nickte.

»Aus Ägypten? ... Die Königin?«

Sie nickte wieder und schmiegte sich an mich, als ob sie gestreichelt sein wollte. Ich liebkoste sie und sie reckte sich vor Wohlbehagen...

Muabalis Geschichte ist bekannt. Sie wurde einst angebetet wie Isis und um das Orakel befragt wie Osiris, obzwar sie nie sprach, in aller Ewigkeit nicht. Man hatte ihr tausend Eigenschaften angedichtet. Auf die Umrahmung des Sistrums, das beim Isisdienst angewendet wurde, hatten die Ägypter ihr Bild gesetzt. Sie galt als Symbol des Mondes, ein vielfarbiges, geschäftiges und fruchtbares Wesen. In mehreren ägyptischen Dörfern hielt man sie für ein Unglücksgeschöpf. Wenn sie an manchen Orten erschien, kniete man nieder und küßte die Erde; aber wen sie berührte, der wußte, daß er binnen dreier Nächte sterben mußte. Wenn sie neben einem Toten saß, so hieß das, daß der Tote verflucht war und verdammt, und daß seine Seele sich nicht aufschwingen konnte. In Japan hatte sie die Macht, Gespenster des Meeres von den Schiffen fernzuhalten, hatte Macht über die Toten. Ließ man sie mit einem Toten allein, so erhob er sich und begann mit Muabali zu tanzen. Wen sie ins Auge faßte und wer alsdann ihrem Blicke nicht standhielt, war auf diese Weise als ein Verbrecher entlarvt. Die Talmudisten erzählten, wem sie einige Härchen schenkte, der konnte, wenn er diese Härchen verbrannte und sich die Asche in die Augen streute, die Geister sehen, die die Luft erfüllten. Sie war die Beisitzerin der Götter, und wenn sie beschlossen hatten, daß jemand sterbe, wurde Muabali abgeschickt, damit sie sich nachts in die offenen Zelte begebe, um den Ahnungslosen im Schlafe zu erwürgen. Aber sie schützte das Land auch vor Plagen und Seuchen. Groß war die Verehrung, die sie genoß, bis die schrecklichen Gelehrten kamen, vieltausendmal klügere Leute als die Magier und Beschwörer, die Muabali durch ihre Weisheit verscheuchten.

Seit damals treibt sie sich am liebsten des Nachts in den stillen Straßen der ganzen Welt umher, ein stummes, rätselhaftes und nur von wenigen geliebtes Geschöpf...

Jetzt saß sie neben mir. Was war mir zugedacht? Tod? Glück? Es machte mir Vergnügen, sie zu berühren und liebkosend ihr wohlgepflegtes, knisterndes Haar zu streicheln, das von warmer, köstlicher Sanftheit war. Und dennoch hatte ich das Verlangen, sie zu erwürgen. Sie schien mich beißen zu wollen vor Glück, denn ich spürte diese satanische Lust wie ein böses Fluidum in mich überströmen, und ich mußte dir Zähne aufeinanderpressen, um das Weib nicht zu packen und in wilder Lust zu besitzen.

Warum sprach sie nicht! Meine Nerven zitterten; im Herzen, im Kopf empfand ich eine unaussprechliche Angst vor diesem geheimnisvollen, schweigsamen Wesen, das mich durch fast geschlossene – vor Wohlbehagen geschlossene – Augenlider zärtlich und grausam zugleich ansah. Ihre Augen wurden schmal wie blinkende Messerschneiden.

Aber als das gaumige Klagegeschrei der Katzen auf den Dächern noch immer kein Ende nehmen wollte, sprang sie auf und zog mich, als sei ich ihre Beute, eilig mit sich fort. Sie hielt mir mit ihrer wundersamen weichen Hand die Augen zu und zerrte mich, wollüstig vor Verlangen, durch ein Loch, das sie im Gemäuer entdeckt hatte. Ich konnte kaum atmen vor Staub, und der modrige Dunst eines kalten Kellers benahm mir die Luft. Spinnengewebe blieben an meiner Stirn hängen, und ich stolperte über Balken, Zuber und allerlei Gerümpel.

Ich weiß nicht, durch wie viel Häuser und finstere Keller diese wahnsinnige und gräßliche Wanderung ging. Wahrscheinlich wendete sie dies Manöver an, um mir den Rückweg unmöglich zu machen. Ich kam mir vor wie ein Dieb und fürchtete jeden Augenblick, von einem Wächter oder Hauswart ertappt zu werden. Was hätte ich zu meiner Entschuldigung vorbringen können? Wenn ich erst mit der Polizei zu tun bekam, war ich verloren; denn man hätte mir dort meine Geschichte nicht geglaubt, selbst wenn ich sie ebenso wahrheitsgetreu erzählt hätte wie jetzt.

In irgendeinem zerfallenen Keller mußte ich auf allen Vieren durch einen gruftartigen Gang kriechen, der eng und düster war wie ein Stiefelschaft. Ich stieß mit dem Kopf an die Röhren der Wasserleitung, die dort gelegt waren, und infolgedessen hatte ich nicht mehr so viel Willenskraft, um mich weiterzuschleppen. Aber meine Begleiterin hob mich empor – ich fühlte nur noch, daß ich getragen wurde...

Ich erwachte in einem Schlafzimmer, dessen Luft von Baldrian geschwängert war, diesem widerlichen Parfüm, das eigentlich nur die Katzen und die Hysterischen lieben. Der Boden war dicht mit schwarzen Pantherfellen bedeckt, und meine geheimnisvolle Schöne saß, nur mit einem violetten, silbergesprenkelten Schleier bekleidet, auf einem niedrigen Sessel, über den ein Leopardenfell geworfen war. Sie hatte einen wundervollen Körper, und obwohl dieser Körper sicherlich für jede Leidenschaft ein Reich des berauschendsten Genusses gewesen wäre, wurde ich doch nur von ihren großen Augen fasziniert, aus denen ein wildes, grünliches Feuer leuchtete. Diese Augen sahen mich starr und lüstern an, aber ich hatte eher ein Verlangen, mit Muabali zu sprechen, als sie zu küssen.

Ich trat zu ihr hin und sagte etwas, aber sie antwortete nur durch Zeichen und sonderbare Gebärden, als verstünde sie kein Wort mehr von meiner Sprache. Ich hätte auch in diesem Schweigen glücklich sein können, denn sie war so schön, so wunderbar schön, als hätte sie noch immer – wie einst – die Gabe besessen, sich zur Zeit ihrer höchsten Triumphe im allen Ägypten die vollkommenste Schönheit anzuzaubern. Endlich nahm ich sie aber, ganz willenlos gemacht durch diese wundervollen, flammenden Augen, bei der Hand und führte sie zum Lager...

Aber im selben Augenblick tönte in die feierliche Stille, die uns umwob, wiederum dieses entsetzliche Konzert der Katzen auf den Dächern droben. Meine stumme Schöne sprang mit einem graziösen Satz vom Bette herab, wobei der violette Schleier, in den silberne Punkte verstreut waren, am Bettpfosten zerriß. Ich lief ihr nach, eilte ans Fenster, das ich aufriß, um die verliebten Tiere durch einen kräftigen Fluch zu verjagen, und sah nun zu meinem Entsetzen, daß Muabali in der Verzauberung einer schwarzen Katze auf den Sims des Fensters sprang.

Sie blickte sich noch einmal jäh nach mir um, kletterte dann hinaus und strebte schnell dem Dache zu...

Die versunkene Stadt

> Ich empfehle Träume nochmals. Wir leben und empfinden so gut im Traum als
> im Wachen, und das eine macht so gut als das andere einen Teil unserer Existenz
> aus. Es gehört unter die Vorzüge des Menschen, daß er träumt und es weiß. Man
> hat schwerlich noch den rechten Gebrauch davon gemacht.
>
> *Lichtenberg.*

Mitten in der Lektüre von »TausendundeineNacht« begann es wieder im linken Unterkiefer zu
hämmern. Es zuckte und bohrte, es zog und riß. Bis vor einigen Tagen hielt mein Gebiß in
betreff der Schneide- und Eckzähne den Vergleich mit jedem Raubtier aus, und hinsichtlich
der Backenzähne nahm ich den Wettkampf mit einem jungen Pferdekiefer auf. Ich war der
Schrecken aller Zahnärzte. Gestern aber mußte ich zum ersten Male daran glauben, und man
riet mir, mich zu dem Zwecke narkotisieren zu lassen.

Ich huldige dem Grundsatze, auch aus allem Bösen, das mir widerfährt, Nutzen zu ziehen,
und so beschloß ich denn, mich zum Opfer der eigenen Beobachtung zu machen. Es war ja
immerhin ein neues Erlebnis, das mir bevorstand. Aber was konnte ich wohl erleben, wenn
ich in vollkommener Betäubung lag? Erleben setzt Bewußtsein voraus, und Bewußtsein haben,
heißt die Fähigkeit besitzen, Vorstellungen zu reproduzieren, auf Schmerz und Lust zu reagieren,
kurz: denken und fühlen. Aristoteles wagte zwar die Behauptung, man denke ohne Organ; aber
heute, dreiundzwanzig Jahrhunderte später, ist man ja nicht mehr verpflichtet, solchen Unsinn
nachzureden, bloß weil ihn Aristoteles gesagt hat. Schon Hippokrates, der Mediziner, verstand
mehr davon, als er auf Grund seiner Erfahrungen lehrte, daß Verletzungen und Erkrankungen
des Gehirns zuerst das Denkvermögen beeinträchtigen. Und seither halten die Physiologen al-
lerorten daran fest, daß die Erforschung des Gehirns den Schlüssel zu einer wissenschaftlichen
Seelenlehre liefere. Die medizinische Psychologie ist heute nichts anderes, als ein Abschnitt
der Lehre von den Hirnfunktionen.

Ich setze die hypothetischen Lehren Galls, Lavaters, Hitzigs, die das Gehirn in mehrere
Provinzen eingeteilt haben, denen sie jeweils eine verschiedene Geistestätigkeit zusprechen, als
bekannt voraus. Diese Lehre behauptet, daß in einem bestimmten Teil unseres Gehirns der
Sprachsinn lokalisiert sei, in einem anderen der musikalische Sinn, in einem dritten der Far-
bensinn, in einem vierten der mathematische Sinn, der Sinn für Tugend, Schönheit, Mordgier
usw. – und dies mit einer Sicherheit, die derjenigen gleichkommt, mit der wir beispielsweise
aussagen, daß man in Plauen Gardinen macht, in Cottbus Buckskin, in München Bier, in
Pforzheim Goldwaren und im Spreewald Ammen.

Wenn ich von den Einzelheiten dieser Lehre auch nicht überzeugt bin, so scheint doch im
großen und ganzen festzustehen, daß das Großgehirn das Organ ist, das die Gesamtsumme der
Vorstellungen, Begriffe, Wortbildungen und Fertigkeiten produziert und enthält, und daß das
Kleinhirn das Organ ist, das uns das Bewußtsein unseres *eigenen* Ich vermittelt. Im Schlaf und in
der Narkose wird also nur das Kleinhirn seiner Tätigkeit entbunden, während das Großhirn rast-
los weiterarbeitet und gewissermaßen nie zur Ruhe kommt. Denn selbst der schlafende Mensch
ist in sehr erregtem und tätigem Zustande, hat heftige Gemütsbewegungen und eine lebhafte
Vorstellungstätigkeit, die wir »träumen« nennen.

Der künstliche tiefe Schlaf, der durch die Narkose hervorgerufen wird, ist also nichts anderes
als eine Lähmung des Kleinhirns. Denn Tatsache ist, daß das Rückenmark, diese Verlängerung
des Gehirns, bei den narkotisierten Kranken Schmerzensschreie auslöst, daß das Großhirn den
Schrei auch hört, daß das Kleinhirn aber nichts fühlt. Das Bewußtsein ist erloschen. Äther und
Chloroform heben für kurze Zeit das Bewußtsein und das Gefühlsvermögen auf; aber die Fähigkeit, Vorstellungen zu bilden, zu kombinieren, zu träumen, besteht weiter. *Die Betäubungsmittel
haben keine Macht über das Gedächtnis,* und wenn durch nichts, so läßt es sich gerade hierdurch
beweisen, daß Gedächtnis und Bewußtsein zwei völlig verschiedene Geistestätigkeiten sind.

Die tiefsinnigen Gelehrten sind übrigens das beste Beispiel für diese Behauptung. Man weiß
ja, sie vermögen so intensiv ihren Gedanken nachzuhängen, daß keine Außenstörung sie aus

ihrer Versunkenheit zu erwecken vermag. Man kann sie zwicken und stechen, sie werden höchstens abwehrende Reflexbewegungen machen, aber nicht das geringste fühlen. Ist diese psychologische Tatsache nicht der alte Vorwurf der Witzblätter? – Die Entrücktheit der indischen Nabelbeschauer und die Empfindungslosigkeit der Fakire beruhen auf ganz demselben seltsamen Vorgang. *Das Denken tötet das Fühlen.*

Und wenn man sich zu dieser Anschauung bekennt, wird einem sofort klar, daß jene religiösen Märtyrer des Mittelalters, die ihre Hand in flüssiges Blei tauchten, ihren Fuß auf glühende Kohlen setzten, sich die Augen ausstechen oder anderen Leibesschaden zufügen ließen, einfach deshalb nicht den geringsten Schmerzenslaut von sich gaben, *weil sie so sehr von ihrer Idee besessen waren, daß sie nicht das Mindeste fühlten.* Die Idee, um derentwillen man jene Helden marterte, hatte ihr Gefühl vollkommen narkotisiert. Daraus beruht auch die alle Erfahrung, daß der Zahnschmerz vor der Tür des Zahnarztes nachläßt. Das fortgesetzte *Denken* an den zu erwartenden Schmerz lähmt das Schmerz*gefühl.*

Was sich aber im Gehirn während der Narkose vollzieht, darüber wissen wir nichts Bestimmtes. Es sind verschiedene Hypothesen darüber aufgestellt worden. Die einen nehmen an, daß das ins Blut aufgenommene Chloroform besonders von den Nervenzellen und -fasern ausgesogen werde und diese lähme. Andere stellten die Ansicht auf, daß die Chloroformwirkung auf einer Quellung und Auflösung des Protagons in den Nerven beruhe. Wieder andere glaubten in der Tatsache, daß das Chloroform die Blutkörperchen angreift, indem es sie teils direkt auflöst, teils ihnen die Fähigkeit, Sauerstoff aufzunehmen und Kohlensäure auszutreiben, entzieht, die Erklärung für die Chloroformwirkung zu finden. Und sonderbar ist, daß ganz derselbe Vorgang bei den indischen Yogi, deren Blutkörperchen man zu diesem Zwecke untersucht hat, festgestellt worden ist. Während der Erstarrtheit ihres Bewußtseins ist die Sauerstoffaufnahme und die Kohlenstoffabgabe äußerst gering. Es ist eine Art Scheintod, aus dem man sie jederzeit wieder ins Leben zurückrufen kann.

Es ist noch notwendig, ein Wort über die Verworrenheit und Phantastik der Träume zu sagen. Sie ist nun leicht erklärt. Gleichviel, ob man annimmt, daß die verschiedenen Geistesfähigkeiten an bestimmten Stellen des Gehirne lokalisiert sind, oder ob man der Ansicht ist, daß die Geistesfunktionen nicht von bestimmten Gehirnteilchen abhängen, sondern nur als Gesamtheit wirken, sicher ist jedenfalls, daß die im Gehirn vorhandenen Gedächtnisspuren untereinander in mehr oder weniger fester Beziehung stehen. So daß etwa ein Ton, der am Klavier angeschlagen wird, mich an eine bestimmte Farbe oder an einen bestimmten Geruch erinnert; daß beim Genuß eines Glases Rheinweins die Melodie eines Schubertschen Liedes in mir ausgelöst wird usw. *Im Schlaf, wo nun die Kontrolle des Kleinhirns über das Großhirn aufgehoben ist, werden notgedrungen die Vorstellungen durcheinandertaumeln.* Das Bewußtsein, der Dirigent unserer Gedanken, schläft, aber das Gedächtnis ist wach, und es geht nun in unserem Gehirn her wie in dem Schulzimmer, das der Lehrer verlassen hat...

* * *

Als ich, zum Schlachtopfer hergerichtet, auf dem Operationsstuhle lag, machte ich vor Angst faule Witze, und selbst als mir der steife Leinwandbeutel über Nase und Mund gelegt wurde, fuhr ich fort zu kalauern.

»Atmen Sie bitte recht tief,« sagte der Arzt, der nur schlecht seine Freude verbergen konnte, einen »schönen Fall« vor sich zu haben. Ich atmete tief.

»Wie gern wünschte ich Sie an meine Stelle,« erklärte ich ihm.

Er sah mir noch einmal in den Mund. »*Sehr* hübsch! *Sehr* hübsch!« rief er aus; »es wird wirklich *sehr* hübsch!... Bitte zählen Sie laut!«

»Ich bin in Ihrer Hand, mein Herr,« sprach ich mit schwerer Zunge; »aber ich mache Sie darauf aufmerksam, daß ich mein Bewußtsein nie ganz verliere. Einmal, als ich chloroformiert wurde, dauerte es mir ein bißchen zu lange. Ich gab dem Arzt in der Narkose einen derartigen Tritt, daß er auch ohne Chloroform fast die Besinnung verlor. Sehen Sie sich also vor! Gott mit Ihnen!«

Der Schurke von Arzt kehrte sich gar nicht an meine Warnung. »Ein Gebiß wie ein Tiger,« hörte ich ihn zu seinem Assistenten sagen; »gießen Sie ihm noch etwas nach; er wird gleich so weit sein... Nein, *wirklich* eine Freude ist es! *So* eine Freude!«

Ich wollte mich noch einmal bemerkbar machen; sicherlich sagte ich etwas, aber mein Ohr vernahm nur Worte wie »Schande – Bande – Rande«. Ich suchte Reime und lachte. Ich hörte, daß ich lachte. Und zugleich breitete sich ein Gefühl angenehmer Wärme über meinen ganzen Körper aus. Großes Behagen erfüllte mich; ich fühlte mich leicht werden; alle Schwere wich von mir. Ich schwebte irgendwo im Raume. Dann begann ein Ameisenlaufen in meinen Gliedern und ein Prickeln in den Füßen.

»Wie Sekt!« ging es durch meinen Kopf.

Ich beobachtete also noch; aber die Klarheit meiner Gedanken hatte ich schon eingebüßt. Ich sah mich vor einem Glase Sekt sitzen, und plötzlich war ich selber dieser Sekt und wurde von einem Riesen, der meine Gesichtszüge trug, getrunken. Alsbald stellte sich in den Fingern und Zehen des Riesen ein pelziges Gefühl ein; aber seltsam war, daß *ich* das empfand. Bis jetzt hatte ich noch den Geschmack des Sektes auf der Zunge und den Geruch des Chloroforms in der Nase; aber Zunge und Nase gehörten offenbar gar nicht zu mir.

»Gießen Sie noch etwas nach!« hörte ich eine bekannte Stimme flüstern; »das reine Rhinozeros!«

Mir schien, es handle sich um Sekt. Mir war, als trinke ich gierig, zwischen jedem Zuge ein befriedigendes »Ah! Ah!« ausstoßend.

»Es ist gut,« kam es aus weiter Ferne an mein Ohr; »er schläft.«

Ich fühlte, wie mein Arm emporgehoben und von mächtiger Höhe fallen gelassen wurde. Ich wollte rufen, daß ich noch lange nicht schlafe, noch alles höre; aber ich hatte nicht mehr die Kraft, den Mund zu öffnen. Mit Gewalt wollte ich die Augen aufreißen; es ging nicht. Nur als jemand mein Augenlid emporhob – ich konnte nicht unterscheiden, ob es das linke oder das rechte war – gewahrte mein Auge das Bild eines unbekannten Menschen, der wolkenhaft und schwammig vor mir schwebte. Dann versank ich in Fluten.

––––––––––––

...Als ich wieder emportauchte, lag ich am Strande eines unübersehbaren Gewässers, vielleicht eines Meeres, denn ich sah weit draußen mächtige Schuten schwimmen, und gewaltige Segler zeigten nur ihre riesigen Silhouetten, die etwas märchenhaft Vogelartiges hatten. Die Stille, die mich umgab, tat mir unendlich wohl, nur bangte mir vor dem Alleinsein und der Verlassenheit, denn ich wußte nicht, wo ich mich befand. Ich war müde und sank in Schlaf. Als ich nach einigen Stunden durch eine heftige Brise geweckt wurde, waren die Fahrzeuge auf dem Wasser längst von mir fortgeglitten, und ich sah weit und breit keine lebendige Kreatur. In einem Gefühl grenzenloser Trostlosigkeit erhob ich mich, um landeinwärts zu wandern.

Es wurde Abend. Der Himmel war im Westen lichtgewordenes Gold. Ich aber wanderte gen Osten, wanderte und wanderte. Der safranfarbene Schein des Firmaments verfärbte sich leicht, und alsbald sah ich eine Kette von Berghügeln vor mir, die sich im düsteren Violett wie ein Ozean versteinerter Wogen hinzog. Ich eilte auf den nächstliegenden der Hügel zu, den ich in der Hoffnung bestieg, ein lebendes Wesen dort zu erblicken. Aber ich täuschte mich sehr. Eine Spur von vertrocknetem Guano war alles, was ich gewahrte, und sie zeigte an, daß vor langer Zeit große Vögel hier genistet oder daß sie hier Rast gemacht hatten, ehe sie vorübergeflogen waren. Aus der Öde der Gegend, in der jeder Blumenschmuck fehlte, schloß ich, daß ich mich auf einem unwirtlichen, von Menschen unbewohnten Eilande befinden mußte. Und nun entsann ich mich auch dunkel all der Begebenheiten, die mich hierher geworfen hatten...

––––––––––––

Mein Vater war Herrscher über eine Insel, die im Indischen Meere lag. Eines Tages war ein ehrwürdiger Scheik, der von Seeräubern ausgesetzt war, zu ihm gekommen und hatte um seine Gastfreundschaft gebeten. Mein Vater – Friede sei ihm! – hatte den Scheik dreißig Tage lang, von einer Mondvollendung bis zur andern, bewirtet, und als er sich verabschiedet hatte, um mit einem im Hafen verankerten Schiffe weiterzureisen, hatte er aus Dankbarkeit ein großes Geheimnis preisgegeben, um das er wußte.

Wenn man in der Nacht der Jahreswende vor dem Grabe Rahels, das die Bewohner der Heiligen Stadt Rubbet-rachil nennen, ein fleckenloses erstgeborenes Kalb opferte, wurde einem von unsichtbarer Hand ein Schlüssel ausgeliefert, der die Tore der versunkenen Stadt öffnete, die vom Sande verschüttet, in der Syrischen Wüste zwischen El-Hazel und El-Chereizat lag. Nur wer diesen Schlüssel besaß, konnte den Weg zur Stadt finden, in der alle Pracht und die ungeheuren Reichtümer Syriens aufgespeichert waren, und in der die herrlichste Prinzessin regierte, die je ein menschlichem Auge sah.

Der Scheik hatte meinem Pater und mir ihr Bildnis gezeigt, das man im ersten Augenblick für die kühne Phantasie eines gottbegnadeten Malers hielt. Nimmer konnte ein solch himmlisches Antlitz in Wirklichkeit existieren. Aber der Scheik hatte hoch und heilig versichert, daß dies Bild nur eine stümperhafte und unzulängliche Wiedergabe ihres engelgleichen Angesichts wäre. Augenblicklich halten mich die Flammen der Liebe ergriffen, und ich hatte mein Herz fortan der Prinzessin zur Wohnung bestimmt. Auf mein Drängen hatte der Scheik dem ferneren berichtet: wer den Schlüssel zur versunkenen Stadt besäße, sei zugleich der Herr dieser lieblichen Schönheit, dem gehörten alle Schätze der Stadt, und die Einwohner seien ihm untertan. Aber – und dies war die Gefahr und Prüfung, die man zu bestehen hatte – man durfte nach dem Betreten der Stadt ein ganzes Jahr lang kein Wort sprechen, durfte weder laut seufzen, noch, wenn man irgendeinen Schmerz erduldete, gar laut schreien. Vergaß man das Gebot oder ließ man sich durch die geschickten Fragen der Einwohner, die natürlich nicht gern in Untertänigkeit gerieten, zu einer Antwort verführen, oder ließ man sich durch die Qual der Eifersucht hinreißen, zu brüllen, oder durch die Schmerzen, die einem etwa zugefügt wurden, zu stöhnen, so versank die Stadt augenblicklich, und man fand sich in der Wüste wieder, dem Hungertode oder den Schakalen und Hyänen preisgegeben.

Ich hatte mich sofort entschlossen, das Abenteuer zu bestehen, um so mehr, als mich die Höflinge meines Vaters wegen meines Redegeizes immer »Ellil, der Schweiger« nannten. Ich hatte meinen Vater um Urlaub gebeten, den er mir gern bewilligte. Er hatte mir ein gutes Schiff mit zwölf Masten ausrüsten lassen und hatte mir hundert der erprobtesten und treuesten seiner Diener zur Begleitung mitgegeben. Dazu eine Menge Proviant, hundertundzwanzig Schläuche des besten Weins, teure Gewänder, pelzverbrämte Kaftane aus schwerem Brokat und viele kostbaren Gewürze und andere Erzeugnisse der Insel, die alle zum Geschenk für jene wunderbare Jungfrau bestimmt waren, nach der mich bereits eine heftige Sehnsucht ergriffen hatte. Ich liebte sie schon im voraus, denn das Bild, das ich von ihr gesehen hatte, war durch die wunderbare Kunst des Malers so hinreißend, daß mich ein heißes Verlangen erfüllte, die Sultanin zu erobern. Ein Jahr lang zu schweigen – ich hatte ob der leichten Aufgabe gelacht.

Ich hatte mit meinen Leuten das Schiff bestiegen. Die ersten einundzwanzig Tage waren wir bei gutem Winde nordwärts gen Arabien gesegelt. Wir waren von Insel zu Insel gefahren und hatten, so oft wir landeten, eine Menge Menschen sonderbaren Schlages kennen gelernt, darunter Handelsleute und Vornehme in Hülle und Fülle. Am dreiundzwanzigsten Tage jedoch, als wir uns südlich von der Insel Abdul Kurri befanden, hatte sich das ganze Firmament verdunkelt, die Wolken hatten sich gesackt, und ein furchtbarer Gewittersturm war losgebrochen, der uns drei unserer stärksten Mastbäume umknickte. Weitere sechs Masten waren vom Blitze zerspalten worden, so daß wir nur noch wenige von unseren Segeln hissen konnten und mit sehr verlangsamter Fahrt vorwärts gekommen waren. Als wir in den großen Meerbusen eingefahren waren, hatten wir nicht mehr an unser Unglück gedacht und waren voller Hoffnung, Akaba, das Ziel unserer Fahrt erreichen zu können. Aber am dreiunddreißigsten Tage, als wir unweit von Rabeg waren, einer Küstenstadt am Roten Meere, die zwischen Mekka und Medina liegt, war es einem der Schiffsgesellen eingefallen, im trunkenen Zustande frevelhafte Lieder zu singen. Die empörte Mannschaft hatte ihn in geknebeltem Zustande ins Meer werfen wollen; aber auf meine Fürsprache hatten sie ihn gebunden in einem der untersten Schiffsräume liegen lassen. Bald darauf hatten wir Schiffbruch erlitten. Ich hatte Hab und Gut verloren und alle meine

Leute waren in den Fluten versunken. Nur mit knapper Not hatte ich mich vom Tode des Ertrinkens retten können. Ich hatte eine leere Tonne erblickt, die unter den Schiffstrümmern herumschwamm, und ich hatte sie erreicht und mich rittlings darauf gesetzt, mich dem Meere und mein Schicksal dem allmächtigen Gotte überlassend. Schon hatte ich es bereut, mich in dieses Abenteuer eingelassen zu haben, und voll Kummer hatte ich meines Vaters und des Scheiks gedacht. Von den Wogen bald nach links bald nach rechts geschleudert, war ich auf meiner Tonne reitend so rasch über die Wellenberge dahingeflogen, daß ich Mühe gehabt hatte, nicht herabzugleiten. Ich hatte mit den Füßen gerudert; aber die rasche Fahrt hatte einen heftigen Gegenwind erzeugt, der mir so stark ins Antlitz blies, daß ich unwillkürlich die Augen schließen mußte; infolgedessen hatte ich nicht gewußt, ob ich flog oder schwamm, und in welcher Richtung ich fortbewegt wurde. Als ich es wieder gewagt hatte, die Augen zu öffnen, war es Nacht. Ich hatte nur erkennen können, daß ich mit meiner Tonne über gebirgiges Land hinsauste.

Plötzlich hatte sie jedoch mit einem Ruck stillgehalten und ich war recht unsanft abgeworfen worden. Ich hatte mich nicht rühren können; meine Beine waren taub und steif gewesen. Ein schwacher Schimmer des Mondlichtes hatte mir angezeigt, daß ich in einem kleinen Gemüsegarten lag; die Häuschen und Wohnhütten, die ich erkennen konnte, waren arm und niedrig. Es war still und die Luft war kühl. Ein Hund hatte angeschlagen. Nach einer Weile war ein Wasserträger vorübergekommen, der unter seiner Last ächzte und stöhnte.

»He! Guter Freund, wo bin ich hier?« hatte ich ihn angerufen.

Der Wasserträger stutzte zuerst; dann hatte er jedoch begonnen Lärm zu schlagen, denn er hatte mich wahrscheinlich für einen Dieb gehalten. Alsbald waren die Leute, denen dieser Garten gehörte, aus dem Hause gelaufen gekommen und hatten mich jämmerlich geprügelt. Ich hatte geschrien, mich gewehrt und versucht, ihnen mein Abenteuer zu berichten; aber sie hatten mich gar nicht zu Worte kommen lassen. Die Hiebe waren ohne Zahl auf mich herabgeregnet, und der Lumpenhund, der am stärksten zugeschlagen hatte, verhöhnte mich noch mit den Worten: »Wo du bist? Du bist im Dorfe Dahschur, das zu Füßen Kairos liegt. Du befindest dich, o Freund, im Garten Sawabs ben Ganahrs, des Melonenverkäufers. Beim Propheten! Ich habe es auf meinen Eid genommen, allen Dieben den Haarflausch abzuschrapen. Und so Gott will. Werde ich dich bei Tagesanbruch dem Henker überliefern!«

Ein pluderäugiges Weib hatte ihm ein breites Messer gereicht, dessen Klinge im Mondlicht blitzte; aber als er mir damit nahe gekommen war, hatte ich begonnen, laut zu wehklagen. »O Scheik Marhâri!« hatte ich in meiner Not gerufen, »wohin hat mich der Zauber deines verfluchten Bildnisses gebracht! Nimmermehr werden meine Augen die Tore der versunkenen Stadt erblicken.«

»Ha! Er hat wahrlich sein bißchen Verstand verabschiedet,« hatte ich den Melonenverkäufer schreien hören. »Was spricht er da von einer versunkenen Stadt? Noch nie haben meine Ohren von ihr vernommen. Wo liegt sie, deine versunkene Stadt?« hatte er gespottet und weiter auf mich losgeprügelt, daß mir schier der Atem entflohen war.

»Laß ab von ihm,« hatte sein Weib gebettelt, »er ist der Liebe Wild!«

»Bei meinem Haupte,« hatte ich gerufen, »die Alte spricht wahr. Mein Herz ist zerstört von den Pfeilen der Liebe.«

Und nun hatte ich ihnen meine trüben Schicksale erzählt. Sie hatten etwas untereinander gemurmelt, aber ich hatte sie nicht verstehen können, denn sie sprachen einen mir unbekannten Dialekt. Doch hatte ich wohl bemerkt, daß man mir Böses anzufügen trachtete. Dessenungeachtet war ich ihnen in ihre elende Hütte gefolgt, und als die Alte mir aus der Erde ein Strohlager zurechtgemacht hatte, war ich todmüde darauf niedergefallen und sofort in einen tiefen Schlaf gesunken. Als ich zu mir gekommen war, schien heller Tag. Der Melonenverkäufer zeigte mir in seinem Stall ein erstgeborenes, fleckenloses Kalb, das erst etliche Wochen alt war und das er mir zum Tausche gegen ein Amulett angeboten hatte, das ich auf der Brust getragen und das ein Geschenk des Scheiks Marhâri war. Ich hatte in den Handel gewilligt, das Kälbchen bei dem Strick genommen und es hinter mir hergezogen, um es am Grabe Rahels als Opfer darzubringen. Der Melonenhändler hatte mich auf den rechten Weg gebracht; aber kaum hatte ich dem Dorfe Dahschur den Rücken gewendet, als der betrügerische Obsthändler Lärm schlug und mich unter dem Vorwande, ich hätte ihm sein Kalb gestohlen, in den Kerker hatte werfen lassen. Ich hatte mich verloren gegeben. Ich klagte um mein Leben und nahm Abschied von dieser Welt. Versunken in meinen Gram, hatte ich über mein Mißgeschick nachgegrübelt, als sich die Tür meines Gefängnisses auftat und die Tochter des Kerkermeisters eintrat. Sie schien Wohlgefallen an mir gefunden zu haben, denn sie schlug mir vor, mir die Freiheit zurückzugeben, wenn ich mit ihr fliehen wollte. In der folgenden Nacht waren wir entwichen, waren vor den Kadi gegangen und hatten den Ehebund geschlossen. Mein Vorhaben, die versunkene Stadt auszusuchen, hatte ich aufgegeben, und ich zweifelte daran, je meine Heimat wieder zusehen. Wir hatten uns in Jasur unweit Jerusalems niedergelassen, wo ich nun einen Handel mit Getreide betrieb. Und ich lebte in aller Behaglichkeit und Zufriedenheit und vergaß, was mir widerfahren war an Mühsal und Not; denn ich liebte mein Weib in herzlicher Liebe und sie hatte mich nicht minder geliebt, so daß wir wie ein einziges Wesen waren.

Sieben Jahre waren vergangen, und die Tage waren verflossen, so langsam, wie die Zeder wächst. Wir hatten drei Söhne und drei Töchter, an denen wir mit ganzem Herzen hingen. Aber als eine Seuche in der Stadt ausgebrochen war, hatte der Tod unter den Kindern gewütet, wie Feuer in trockenem Reisig, und auch unsere Kinder wurden hingerafft. Mein Weib war von der Zehrung ergriffen worden; die Farbe ihrer Wangen gilbte und eine grausame Schwäche band sie wie mit Ketten ans Lager. Ich hatte meine Tage auf den Knien in der Moschee verbracht, und die kummervollen Nächte saß ich zu Häupten meines armen Weibes. Ich hatte meine Geschäfte vernachlässigt; ich hatte weder gekauft noch verkauft und hatte für nichts mehr Sinn und Auge. Die Krankheit meines Weibes hatte fast ein Jahr gewährt, und als sie, nach dem Beschlusse des Allmächtigen, gestorben war, hatte man mich aus dem Hause vertrieben und die Gläubiger erhoben Klage wider mich. Ich hatte flüchten müssen. Eine Diebeskarawane, die mit gestohlenen Gütern zum Meere hingewandert war, um sich nach der Insel Cypern einzuschiffen, hatte sich meiner angenommen, mich aber ohnmächtig am Strande liegen lassen...

An diesem Strande war es, wo ich aus meiner Betäubung erwachte. Ich sah, daß der Tag zu verblassen begann und daß ich die Nacht auf diesem unwirtlichen Steinhügel würde verbringen müssen, auf dem ich nichts als Vogelspuren entdeckte. In meiner Furcht ließ ich mich auf die Knie nieder und betete inbrünstig. Als endlich die Nacht verstrichen war, stand ich auf und ging weiter, bis der Tag in seiner vollen Schönheit anbrach und die Sonne sich über die Häupter der hohen Hügel und über die flache, steinige Ebene erhob, Ich war nun müde, und mich hungerte und dürstete, und ich aß mich satt an den spärlichen Kräutern, die da und dort wuchsen. Den ganzen Tag und die folgende Nacht zog ich dahin, bis ich am Morgen des nächsten Tages in der Ferne einige Menschen gewahrte. Ich ging auf sie zu und siehe, es waren Juden aus Jabne, die nach Jerusalem pilgerten. Sie brachten mich auf den rechten Weg, der mich noch zu guter Zeit zum Grabe Rahels führte. Es waren noch sieben Tage bis zur nächsten Jahresvollendung, und in dieser Zeit erstand ich gegen den Rest meiner Habe die makellose Erstgeburt einer gesunden Kuh. In derselben Nacht, in der das Jahr sich rundete, opferte ich mein Kalb auf einem Feuer aus Chazaholz. Der Rauch zwang mich, die Augen zu schließen, und als ich sie wieder ausschlug, gewahrte ich einen goldenen Schlüssel in meiner Hand. Als ich sah, daß das Glück mir so hold war, jubelte ich laut auf. Ich fuhr ohne weitere Zwischenfälle über das Tote Meer und legte den Weg, der in die Syrische Wüste führte, in weniger denn zehn Tagen zurück.

Mit Anbruch des elften Tages sah ich schon von weitem eine Schar prächtiger Frauen und Männer auf mich zureiten, die mich hoch willkommen hießen und mich unter Pauken- und Zimbelschlag als ihren Herrscher in die versunkene Stadt einführten. Eingedenk des Verbotes, weder sprechen noch seufzen zu dürfen, bezeugte ich meine Dankbarkeit stets nur durch ein eifriges Kopfnicken.

Man brachte mich vor Fatne, die Sultanin der Stadt, und als ich sie sah, staunte ich wahrlich im höchsten Staunen vor dem Übermaße ihrer Schönheit und pries mich im Stillen glücklich, daß sie mein war. Als ich mich ihr stumm näherte, überhäufte sie mich mit Geschenken aller Art, und ich verging vor Scham, ihr keine würdige Gegengabe bieten zu können. Aber ich dankte ihr mit den Augen für die erwiesene Huld und Freundschaft, küßte ihre Hand und machte sie durch das Feuer meiner Blicke bekannt mit meiner Sehnsucht.

Sprach sie: »Du bist dein eigener Herr, doch wenn es dein Wunsch ist, bei mir zu bleiben, o mein Gebieter, so werden wir uns freuen in höchster Freude.«

Und sie überschüttete mich mit ihren Wohltaten. Tags darauf wurde unsere Ehe geschlossen, und ich sah nun alle die Leute, mit denen ich verwandt und versippt war. Darunter waren Neider und Trüger, und sie unterließen es nicht, mir hart beizusetzen mit Fragen und Ehrenbezeugungen, mit Eifersüchteleien und Klagen. Aber nichts vermochte mir eine Antwort zu entlocken. Die Höflinge gingen umher und murrten: »Welch einen Regenten hat unsere Fürstin sich da erwählt? Auf unsere Klagen antwortet er nicht, unseren Gruß erwidert er nicht, und wenn wir ihn um seinen Rat angehen, spricht er durch Zeichen.« Und mit jedem neuen Tage, der dahinschwand, ersannen sie neue Mittel, mich zu quälen und zum Sprechen zu bringen; aber ich brauchte nur einen Blick auf meine holde Gemahlin zu werfen und ich blieb standhaft. Endlich versuchten sie es durch eine List. Sie bezichtigten mich vor meinem Weibe der Untreue, und die türkische Sklavin, die sie als Zeugin vorzeigten, bestätigte die Angaben der Betrüger.

Ich wurde in den Kerker geworfen. Mir war, als müßte mir vor dem Übermaß des Kummers, der Not und der Drangsal die Lunge schwinden und vor erstickter Wut die Galle platzen. Aber ich hatte noch soviel Kraft meine Seufzer zu unterdrücken.

Von dem Fenster meines Kerkers aus konnte ich indessen auf die Terrasse des Palastes sehen, und so oft ich meine angebetete Fürstin dort erblickte, schwanden mir fast die Sinne vor Gram und Sehnsucht. Ich brachte einige Monate in meinem Gefängnisse zu; es fehlten nur noch drei Tage, und das entsetzliche Jahr des Schweigens war um. Da, tags darauf, als meine Fürstin sich wie gewöhnlich auf der Terrasse erging, sah ich ihre Augen mit Tränen geschmückt. Sie blickte zum Fenster meines Verlieses herüber, als wollte sie sagen: »Halte aus, was auch noch diese zwei Tage über dich kommen mag!« Ich dankte ihr durch Zuwinken mit der Hand, aber sie gewahrte mich nicht. Dagegen konnte ich jetzt sehen, wie ein Mann sich von hinterrücks an mein Weib heranschlich, um es zu küssen. Die Flamme der Eifersucht heizte meine Liebe; aber ich war wehrlos – und mußte schweigen. Fatne aber schrie auf und im selben Augenblick stürzten einige Sklaven herein, um den Eindringling festzunehmen. Aus einer geheimen Tür der Terrasse traten nun zehn oder zwölf bewaffnete Männer herein, die den frechen Buben, der es gewagt hatte, mein Weib zu küssen, befreiten und die Sklaven hinausjagten. Alsdann banden sie mein Weib mit Stricken fest, warfen es auf eine Bank und erhoben ihre blanken Beile wider ihr Haupt, um es zu treffen. Mir floh Besinnung und Verstand, und *ich stieß einen furchtbaren Schrei aus* ... und plötzlich sank alles in Nacht und Nebel...

»So was!« hörte ich jemand neben mir sprechen. »Brüllt wie ein Rhinozeros!... Er ist ja schon raus!«

Ich wurde emporgehoben, und als ich die Augen aufschlug, wußte ich keineswegs, wo ich mich befand.

»Na, war's denn so schlimm?... Wie *kann* man bloß!... Die ganze Geschichte hat noch keine zwei Minuten gedauert... Aber auch *so* zu brüllen, wo Sie doch gar nichts gespürt haben *können*.«

Ich sah blutige Hände vor mir, die mir einen Zahn mit vier Wurzeln entgegenhielten... Dann torkelte ich auf einen Diwan...

Die Versteinerten

Die Menschen glauben überhaupt schwerer an Wunder als an Traditionen von Wundern,
und mancher Türke, Jude usw., der sich jetzt für seine Traditionen totschlagen ließe,
würde bei dem Wunder selbst, als es geschah, sehr kaltblütig geblieben sein.

Lichtenberg.

In meiner Heimat befand sich ehedem ein alter Gottesacker, der von einer hohen Steinmauer eingefaßt war. Er lag im Herzen der Stadt, ein paar Schritte vom Bahnhof, und so oft wir daran vorübergehen mußten, wurden wir unwillkürlich still und ängstlich.

Es kreisten auch gar zu viele unheimliche Geschichten um diesen Kirchhof, die wir natürlich altklug belächelten, obwohl wir ganz im Innern doch ein klein bißchen daran glaubten. Es waren makellose Menschen, die man dort zur Ruhe bestattet hatte. Von ihnen hieß es nicht, daß sie »gestorben« waren; man sagte, »sie hatten ihre Seele Gott zurückgegeben.« Es waren gottesfürchtige Männer; Männer, die ihr Leben lang nur Gottes Wort studiert und gelehrt hatten, und die infolgedessen nach ihrem Tode im Rate Gottes eine Stimme hatten. Sie standen zur Linken des ewigen Thrones und durften beim lieben Gott ein gutes Wort für uns arme Menschenkinder in die Wagschale werfen.

Daß diese berühmten Toten die Schutzgeister der Frommen waren, das war ein so fester und so alteingewurzelter Glaube, daß es Brauch wurde, am 9.Ab, dem Tage der Tempelzerstörung, um jenen Friedhof dreimal herumzugehen und Gebete dabei zu sprechen. Man war sehr abergläubisch, aber deswegen war man noch lange nicht töricht, und in dem Falle bedeutete der Aberglaube nichts als eine Hoffnung. Denn in unseren alten, vergilbten, heilig gehaltenen Folianten hatten wir gelesen, daß die Toten uns Lebenden nicht nur in Träumen, sondern auch leibhaftig erscheinen konnten, um zu raten und zu helfen. Oh, man hatte tausende Beweise dafür, daß sie an unseren Geschicken teilnahmen...

Da lebte einmal eine gottergebene Witib in unserer Stadt, kinderlos und menschenverlassen, die so arm war, daß sie eines Tages keine Gerichte mehr für den Sabbat zubereiten konnte. Die Töpfe waren leer und der Ofen mußte ungeheizt bleiben. Um aber ihre Armut vor ihren böszüngigen Nachbarn nicht zu entblößen, und um müßigem Gerede keinen Vorschub zu leisten, begann sie mit den »Kochtöpfen zu rasseln, die Ofentür auf- und zuzuklappen, zu schüren, mit Wasser zu pantschen, zu backen und zu klopfen, kurz – einen solchen Lärm zu machen, daß jeder, der zufällig an ihrer Tür vorüberging, des Glaubens sein mußte, die Witwe koche und brate für eine ganze Schar armer Leute. Denn, obwohl sie selbst blutarm war, stand sie im Rufe einer wohltätigen Seele.

Nach der Art der Frommen nahm sie ihre Armut hin, ohne zu klagen; sie rüstete sich vielmehr, den Sabbat freudigen Herzens zu empfangen. Bei hereinbrechender Dämmerung, während sie gerade dabei war, den Segen über die Lichter zu sprechen, die sie zu Ehren des Ruhetages entzündet hatte, pochte es an ihrer Tür, und als sie hinging um nachzusehen, wer da Einlaß begehren mochte, erblickte sie einen alten armen Mann, einen jener Ahasvere, die das ganze Jahr mit dem Packen durch das Land wandern. Er bat flehentlich um ein Mahl und um einen Becher Wein, um den Segen über den Sabbat zu sprechen. Die Frau aber, eingedenk der Sitte, einen Armen oder Hungrigen, der zu bitten kommt, nicht von der Tür zu weisen, lud ihn mit guten Worten ein, näher zu treten.

»Ich habe bereits deine Nachbarn um ein Mahl gebeten,« hub er an, als er im Stuhle saß und sich des Glanzes freute, der von den Kerzen ausstrahlte; »sie warfen aber die Tür zu und wiesen mich an dich. Du hättest – sagen sie – den ganzen Tag gekocht und gebraten und den Bauch des Ofens nicht erkalten lassen. Sicherlich erwartest du viele Gäste und würdest auch mich speisen.«

»Man hat dir die Wahrheit gesagt,« erwiderte die fromme Frau, die dem Armen die Hoffnung nicht nehmen mochte; »reinige dich in der Kammer vom Staub der Reise, bete, und dann will ich dir den Wein vorsetzen, daß du das Gebet sprechen magst, und auch ein Mahl, über das du die Segnungen sprechen wirst.«

Und sie ließ den Alten allein und tat so, als ginge sie noch einmal in die Küche, um nach dem Rechten zu sehen. Indessen stahl sie sich aber heimlich zum Friedhof der Frommen, der unweit ihrer Wohnung lag, und dort, am »guten Ort« unter dem steinernen Torbogen, in den ein heiliger Spruch eingemeißelt war, stellte sie sich in ein Winkelchen und betete. Sie flehte die Toten um Rat an, denn sie wußte nicht, was sie dem armen Manne sagen sollte, der hungrig zu ihr gekommen war und der nun hoffte, der Sabbatfreude teilhaftig zu werden. Sie betete lange, und starken und vertrauensseligen Herzens kehrte sie endlich heim.

Der Alte ging in der Stube umher und sang das Brautlied des Ruhetages und wünschte seiner Gastgeberin Frieden. Sie erwiderte den Gruß und breitete ein weißes Handtuch aus und bot ihm die Schüssel und eine Kanne, daß er sich, wie es der Ritus erheischt, die Hände wasche.

»Wo ist der Wein, über den ich den Segen sprechen soll?« fragte er, »und wo sind die Brote?«

Da ward die Frau beschämt, und sie gestand ihm ihre Schuld, aber immer noch frohgemut. Und sie sagte, daß sie, um ihre Armut zu verhüllen, und um nicht das Mitleid der Nachbarn hervorzurufen, durch ihr blindes Gelärme den Schein erweckt habe, als hätte sie ein reiches Mahl zugerichtet. Der Alte aber tat so, als traute er ihren Worten nicht. Er zog die Luft durch die Nase ein und sagte: »Aber ich rieche doch den Duft des Fleisches und der andern Gerichte! »Warum sprichst du die Unwahrheit? Und warum weigerst du mir zu essen, wo du mich doch zu bleiben gebeten hast? Warum beladest du mich mit Hohn und dich mit so arger Sünde?«

Da ging die Frau hin zum Ofen, um dem Alten die leeren Töpfe zu zeigen; aber als sie die Deckel emporhob, dampfte es und brodelte es darin, und sie entnahm dem Ofen die braunen Brote für den Sabbat, gesottene Fische, gebratenes Fleisch und noch andere Gerichte. Die Witwe war aber ob des geschehenen Wunders so erstaunt, daß sie in eine Ohnmacht fiel. Als sie aber zu sich gekommen war, war der Alte verschwunden...

Solche Geschichten liefen zahlreich genug um. Aber eines Tages sollte unser alter Friedhof niedergelegt werden. Er störte nur den Verkehr, hieß es. Allein diejenigen, die mit zäher Treue zu ihren Toten hielten und es als eine große Schande ansahen, ihnen die Ruhe zu rauben, widersprachen solchem frevelhaften Vorhaben. Wohin sollte man am Tage der Tempelzerstörung gehen, um zu beten? Und wie konnte man Karrenlärm und Menschengetöse über einen Platz leiten wollen, an den sich so viele Wunder knüpften?...

Aber die Geschäftigen hatten an die Stadtväter eine Eingabe gerichtet, worin sie ihr Vorhaben begründeten, und worin sie erklärten, das Recht der Lebenden ginge vor dem Recht der Toten.

In jenen Tagen war wenig Freude in der Stadt und sehr viel Erregung. Des Nachts hatte man in der Nähe des Gottesackers die schwachen und dumpfen Stimmen der Toten gehört; ihr Zirpen und Flüstern, ihr Murmeln und Summen. Wenn der Herbstwind weinte und traurige Schreie aus seinem Heulen herausgellten, waren es die Toten, die weinten. Die Toten waren es, die mit wilden Händen vergeblich an die Wohnungen der Lebenden schlugen, an Tür und Fenster ratterten. Aus den Gräbern, die eingesunken waren, aus den Gräbern, in denen morsch und schief und verwittert die Denksteine staken, wuchsen Hände, die sich warnend reckten.

Aber die Geschäftigen kümmerten sich nicht darum, und die Petitionen und Fürbitten der andern, den Friedhof nicht anzutasten, wurden von den Stadtvätern verworfen. Und eines Tages wurde der alte Kirchhof ausgeschrieben; es sollten sich Abbruchunternehmer melden. Indessen in der Stadt hatten scheinbar alle Arbeit genug; aus der Stadt meldete sich niemand, und so konnte einstweilen der Friedhof nicht niedergelegt werden. Die Toten hatten Ruhe.

Aber als der Winter kam, gab es Viele, die kein Brot hatten, und die jede Arbeit gern aufgriffen; ehrliche sowohl als unehrliche. Da geschah es, daß sich ein Mann aus dem benachbarten Städtchen meldete, der sich bereit erklärte, die Niederlegung zu übernehmen. Man übergab ihm die Arbeit, und er wollte eine Anzahl Gesellen dingen; aber er fand keine braven Leute; es gab sich nur das herumlungernde Gesindel dazu her. In der letzten Stunde richteten die Getreuen noch einmal ein Bittgesuch an den regierenden Fürsten; allein es fruchtete nichts mehr; es war zu spät. Die Gemeinde mußte den Friedhofsschlüssel ausliefern.

An dem Tage, an dem mit der Ausgrabung der Toten begonnen werden sollte, brach ein
fahler, nebliger Morgen an. Die Luft war grau und blind, und in der Stadt war eine seltsam
dumpfe Stimmung. In dem allgegenwärtigen Grauen schien die Stadt von erstickten Schreien
durchbebt. Aber man hörte in den Straßen nichts als den Wind, der vorüberzog wie ein ge-
waltiges lebendiges Wesen. Es war, als sähen alle stillschweigend und duldend einem gemeinen
Verbrechen zu.

Der Unternehmer war indessen morgens in der fünften Stunde aufgebrochen, um zu Fuß
nach unserer Stadt zu gehen. Die Bahn fuhr damals noch nicht, und er hoffte, um sechs Uhr
an Ort und Stelle zu sein, wo er die Arbeit selbst leiten wollte. Die Gesellen waren um sechs
Uhr früh bestellt; aber als wollten sie die Frommen verhöhnen, hatten sie sich schon vor der
bestimmten Stunde mit flackernden Windleuchten auf den Gottesacker begeben und ein jeder
stellte sich dreist an seinen Platz.

In demselben Augenblick aber, als sie zu graben und zu schaufeln beginnen wollten, blieben
sie stehen, wie in Stein verwandelt. Der eine hintübergebeugt, die Spitzhacke wie eine freche
Drohung gen Himmel gereckt; der andere zu Boden gekrümmt und eben bereit, die Schaufel
in die Erde zu stoßen; ein dritter, einen wankenden Leichenstein umarmend, um ihn aus dem
Boden zu reißen; der vierte die Kiesel zu Hauf fegend, die frommer Sinn auf die Grabsteine
gelegt hatte; denn es war ein alter Brauch, wenn man die Toten besuchte, um an ihren Gräbern zu beten, kleine Steinchen auf die besonders teuren Grabdenkmäler zu legen, so daß sich
mit der Zeit auf jedem Denkmal kleine Steinpyramiden gebildet hatten, die nun in alle Winde
gefegt werden sollten. Die zehn Arbeiter standen in völliger Starrheit, von den gespenstisch
flackernden Fackeln grell beleuchtet. Denn es war dunkel; fast noch Nacht.

Und nun begann es zu schneien. Der Schnee fiel schwer und schweigend, leise und langsam,
weiß und wollig über die am Boden gebannten Gestalten. Der Schnee fiel und flockte über
Grüfte und Gräber, Steine und Hügel, Erde und Menschen. Es sah aus, als hätte eine zornige
Hand ein riesiges Totenlinnen in Myriaden Stückchen zerpflückt, die nun lautlos niederfielen
und sich über den versteinerten zehn Gesellen wieder zu einem Leichentuch zusammenwoben...

Und am Vormittag fand man den Unternehmer auf der Landstraße tot. Der Wind peitschte
die alten Pappeln und spielte mit den Rockzipfeln des Toten.

Das Gespenst

Nichts! Das ist die Antwort des Grabes.

Goya.

Ich saß im Kirchhof auf einer wackelnden Bank und erwartete jemand, trotzdem es schon tiefe Nacht war. Vor mir dehnte sich der Hügel des Ulanenoffiziers Battu, an dessen Grab ich vergangene Nacht im Traum durch eine verschleierte Gestalt bestellt worden war. Ich sollte bis Mitternacht warten.

Ich rauchte eine Zigarre, um mir die Zeit zu vertreiben, und sah zu, wie der Wind die kleinen Blättchen der Trauerweide, die auf dem Buckel des Grabes wuchs, in den Schlaf wiegte. Meine Zigarre qualmte und weckte die schlummernden Rosen, die kaum noch atmen konnten; die Reseden in den Blumenscherben erstickten fast. Aber ich konnte keine Rücksicht auf sie nehmen und mußte weiter paffen, denn ich war sehr aufgeregt und bedurfte einer Ablenkung. Gegen Mitternacht hatte sich meine Angst gelegt, und ich fürchtete mich vor nichts mehr; weder vor den Totenkopfschmetterlingen, die mein Haupt umkreisten, noch vor dem unsichtbaren Getier, das an meinen Füßen vorbeihuschte. Als es zwölf Uhr schlug, schlief ich ein...

Eine langfüßige Spinne, die mir auf den Nacken gefallen war, weckte mich durch ihr Kribbeln wieder auf, und als ich nach der Uhr sah, war es schon gegen drei. Der Himmel war wie ein gewaltiger Pfauenschweif mit tausend goldenen Augen bestirnt. Ich klopfte die Zigarrenasche von meinen Kleidern und wollte mich gerade wegbegeben, als ich sah, wie jemand in der Ferne, am Ende der schnurgeraden Grabreihe auftauchte und langsam und geräuschlos auf mich zuschritt. Bald erkannte ich, daß es das Skelett meines verstorbenen Freundes Kocharski war; das sagten mir die slawischen Backenknochen, der hervorspringende Schädel und die rechte Hand, an welcher der kleine Finger fehlte.

Er war es in der Tat. Er hatte eine graue Toga umgeworfen, wie trauernde Römer sie trugen, und umhüllte damit sein Gebein, so daß man nur die nackte Hirnschale und die rechte Hand gewahrte, die das dünne Tuch mit langen Fingern zusammenhielt.

Das Gerippe Kocharskis setzte sich neben mich, bewegte die Kinnladen und rieb die gelben Zähne gegeneinander.

»Du staunst.« vernahm ich.

»Gewiß staune ich, Kocharski!« wagte ich zu sagen, nachdem ich mich vom ersten Schreck ein wenig erholt hatte; »ich glaubte,. Geister erscheinen den Menschen nur um Mitternacht.«

»Auch du glaubst diesen Unsinn?« versetzte das Gerippe. »Auch du glaubst, daß der Geist an die Zeit gebunden ist?«

»Nicht der Geist, aber die Geister,« stotterte ich hervor.

»Es gibt keine Geister.«

»Aber was bist denn du,« fragte ich furchtvoll. »Und warum hast du mich hierhergerufen?«

»Ich dachte, ein Rendezvous mit einem Geist hätte ein gewisses Interesse für dich. Und dann – ich langweile mich so da unten. Man hat mich da in eine Gesellschaft von Idioten gebracht, die sich die ganze Nacht über das ›Problem des Todes‹ unterhalten. Es kommt mir schon zum Halse heraus. – Ich habe genug davon aus meinem früheren Leben, wo ich Naturwissenschaften studierte. Als ich damals mit ehrfürchtiger Neugier jene stinkende Experimentierhalle betrat, wo man mit der Lanzette in der Hand die Rätsel der menschlichen Maschine zu ergründen sucht, und als ich mit dem Meister über das ›Problem des Todes‹ sprach, ließ er eine Rede los, aus der kein Schwein klug wurde. Nein, ich habe genug davon.«

Alle Glieder des Skeletts kamen in eine schwankende, sonderbar lustige Bewegung.

»Und dann ist da noch ein Schauspieler,« fuhr es fort, »ein fürchterlicher Gröhler, der immerzu Shakespeares ›Sein oder Nichtsein‹ deklamiert. Dieses Rindvieh bringt mich mit seinem ›Sterben – Schlafen‹ um alle Ruhe! Als ob das überhaupt des Nachdenkens wert wäre!«

Dabei tippte sich das Skelett an die Stirne und die hohle Hirnschale gab einen rasselnden, trockenen Ton von sich.

»Des Nachdenkens wert wäre?« wiederholte ich, noch ganz starr über diese zynische Sprache eines Toten.

»Na ja,« sagte das Skelett gelangweilt und verächtlich, indem es, die Gewohnheit des Lebenden nachahmend, sich mit dem rechten Zeigefinger an einem Halswirbel der Nackengegend kratzte.

»Sterben! Jenseits Unsereiner ist doch über diesen Unsinn hinaus! Am Ende soll ich mit dir auch über ›das geheimnisvolle Land‹ schwätzen, ›von des Bezirk kein Wanderer wiederkehrt‹?«

»Allerdings, allerdings!« warf ich schnell ein,

»Aber das ist ja alles Blech!«

»Bist du denn kein Gespenst? Sag es mir doch!«

»Beschwichtige deine Neugier...! Wenn du willst, wirst du alles erfahren.«

»Du wolltest mir wirklich alle geheimen Rätsel lösen und mir helfen, jene Fäden zu entwirren, die mein Gemüt verstrickt haben?«

Langsam nahm das Skelett meine Hand in seine rechte und streichelte mich mit den spitzen Fingern der linken behutsam und zart. Es sprach:

»Als ich ein unglücklicher Mensch war und keinen Ausweg fand aus dem Lebenslabyrinth, zerstörte ich mein Gehirn so lange durch berauschende Getränke, bis sich meine Gedanken für immer umnachteten. Aus jener Periode weiß ich nichts. Du wirst erfahren haben, wie unbarmherzig der Wärter der Irrenanstalt mich züchtigte, wenn er mich widerspenstig und heulend unter dem Tische fand. Aber ich wollte, daß er mich schlug, denn ich hatte die Sehnsucht, zu sterben! Ich dachte, das wäre das absolute Ende und nicht bloß so eine Trans–, oh, fast hätte ich aus der Schule geplaudert...Du weißt, wie ich starb...Eines Tages ging ich hin und gab meiner Seele die Freiheit; in einer lichten Sekunde erhängte ich mich. Es war wirklich nicht so schlimm. Ah – und nun! Und nun!...Ich rate dir, mir nachzufolgen. Denn nichts Schöneres gibt es, als das Leben nach dem Tode. Hummeln und Bienen, Falter und Wespen, alle Kuppler der Blumen summen über den Gräbern und tragen an ihren langen Haarhosen den lieblichen Blumen reifen Blütenstaub zu. Mit allen Farben haben sich die Blumen geschmückt, um die wilden Geliebten würdig zu empfangen, und sie strecken der Befruchtung sehnsüchtig ihren duftenden Schoß entgegen. Und sobald sie befruchtet sind, wollen die kleinen Blumen nichts anderes mehr sein, als Mütter. Ihre Pracht mag nun vergehen, ihre bunten Blütenkränzlein mögen verschrumpfen, nun sie gesegneten Leibes sind. Und unter dem Lichte der Sonne reift ihre künftige Saat. Und dann saust eines Tages der Wind über sie hin und schüttelt ihre Häupter, und die geschwellten Leiber tun sich auf und streuen ihre Früchte um sich her. Und der Wind nimmt sie auf und trägt sie auf dein Grab. Nun siehst du, wie die Erde schafft und webt, wie die Säfte ineinanderfließen und wie sie den Samen sprengen und ihn aus seinem Mäntelchen locken...wie sie feine Fäden aus dem Keime ziehen...Die Menschen nennen sie Wurzel! Oh, es gibt nichts Herrlicheres als so eine Wurzel!...Du bietest ihr deine Brust zur Nahrung und sie verschmäht dich nicht. Sie saugt ganz leise an deinen Poren und es ist, als ob dich jemand sanft kitzelte. Du opferst willig dein Blut, wie eine säugende Mutter, und vermählst dich ganz mit dem würzigen Erdreich. Hier findest du in Fülle, wonach du auf der Erde darbtest...denn hast du auf Erden einen größeren Wunsch als den, dein Wesen in tausend Herzen Boden fassen zu sehen, eine heißere Begierde als die, für das Gedeihen anderer dich aufopfern zu dürfen, eine tiefere Sehnsucht als die, deine Gedanken auf einen Grund pflanzen zu können, wo sie blühen und neue Gedanken erzeugen? Aber du kannst es ausposaunen mit schmetternden Drommeten, deine Stimme verhallt...Wir aber im Schoße der Erde harren nicht vergebens und was uns die Welt der Lebenden versagte, hier unten wird es uns zuteil...

Wir sitzen am Grabe des Ulanenoffiziers Battu...er ist acht Jahre schon für seine Angehörigen tot. Aber wie täuschen sie sich! Haben sie nicht diese Weide auf sein Grab gepflanzt und fließen nicht seine Säfte durch die Poren des Baumes? Und sprechen diese Blätter nicht seine Sprache? Aber stumpfsinnig sitzen seine Tanten des Sonntags auf dieser Bank und hören nicht, was die Weide flüstert. ›Er ist tot! Er ist tot!‹ rufen sie und vernehmen nicht, wie er zu ihnen spricht: ›Ich bin lebendig!...‹ Und jetzt sind sie, weil sie geerbt haben, auf die blödsinnige Idee gekommen, ihm ein Denkmal zu setzen. So was! Wir haben neulich eine Versammlung einberufen, um diesem Unfug überhaupt zu steuern. Ich selbst habe eine Hetzrede gegen die Denkmalswut gehalten. Das sind ja auch ganz empörende Zustände! Ihr baut Denkmäler und stellt uns diese Stein- und Bronzekolosse auf den Kopf. Wem nützen denn diese fürchterlichen Dinger? Was haben wir denn davon? Und ihr? Ist daß etwa ›Kunst‹? Gestern habe ich mit meiner ganzen Gesellschaft da unten einen Ausflug nach dem Genueser Campo Santo unternommen, um den Blödsinn der Denkmalssetzerei recht deutlich zu illustrieren. *Gott, wie haben wir gelacht.*«

Die Kinnladen der Hirnschale verzogen sich zu einer lächelnden Grimasse,

»Gelacht?«

»Natürlich! Das ist ja auch zum Bersten! Während das Elend und die Not Millionen schöner Hoffnungen verschlingen, frißt diese Steinsetzerei ganze Vermögen auf. Wieviel Tränen des Schmerzes und Hungers könnten für diese Steine in Tränen der Freude gewandelt werden; wieviel Jammer in Glück! Auf den Straßen des Lebens treiben sich Bettler mit ausgehöhlten Wangen umher, kranke Krüppel und hilflose, zerlumpte Kinder, Brotlose, die zu Dieben, und Verzweifelte, die zu Mördern werden – und anstatt daß die Lebendigen zunächst für die *Lebendigen* sorgen würden, pfropfen sie unser stilles Revier mit teurem steinernen Kitsch voll und nötigen viele von euch zu uns herab. Ist das nicht zum Lachen?...Ihr Lebendigen habt eben keinen Korpsgeist!...

...Da ich lebte, war ich ein armer Kerl und besaß nicht einmal die Mittel, mich zu ernähren. Ich weiß ja, wie Hunger tut. Und als ich starb!

Oh, welche üppigen Tafeln gab ich den Bewohnern des Erdreichs! Es wurden die Würmer, die sich von meinem Leibe nährten und sich an das Tageslicht wagten, von den Drosseln und Nachtigallen gefressen, und wenn die Nachtigallen schlugen, war mir's, als sänge ich endlich das Lied, das mir, als ich noch lebte, die Brust bedrückt und das den Menschen, die mich jetzt hörten, Tränen in die Augen trieb...«

»Aber du bist doch jetzt schon völlig Gerippe; was tust du nun in der Erde und wodurch dienst du ihr noch?« sprach ich, als Kocharski schwieg.

»Es wird die Seit kommen, wo ich nicht mehr auf der Welt wandern werde. Die Erde, die mich in ihre Arme geschlossen hat, wird mich umfangen halten, bis ich restlos in ihr aufgegangen bin und bis die Atome meines Gebeins sich zu anderen Körpern gestaltet haben...Die Menschen nennen es Auferstehung. Bis dahin aber kehre ich zur Erde zurück. Ich sehne mich nach ihrem Schoß. Wenn ich bei ihr liege, fühle ich, wie sie mich liebevoll küßt, wie ihre Lippen an mir saugen und wie sie mich stets anspornt zu neuer Tat. Denn wir Toten haben keine ruhige Minute. Wir arbeiten, bis wir nicht mehr sind und bis wir verquickt sind mit dem All. Der Faule und der Reiche – alle müssen sie heran an die Arbeit und neues Leben schaffen helfen. Denn die Arbeit, die wir Toten allesamt verrichten, ist das verjüngende Element der Welt. Darum ist euer Begriff ›tot‹ ein schlechtes Wort. Es gibt nichts Totes unter der Sonne. Weil die kräftigen Arme des Herkules, die vor fünftausend Jahren den nemeischen Löwen erwürgten, jetzt keine Arme mehr sind, wird kein nachdenkender Geist die Kraft, die so energisch in ihnen wirkte, für vollkommen vernichtet halten.«

»Aber Herkules hat doch gar nie gelebt!«

»Das ist vollkommen gleichgültig. Alle Helden verdanken ihr Dasein nur der schaffenden Phantasie. Besitzt Herkules für dich nicht genau dieselbe Wirklichkeit wie Alexander, obwohl dieser einstmals Fleisch war und jener nur Gedanke? Ist es nicht der Gedanke, der selbst die Götter besiegt? Verdanke ich meine Existenz nicht auch nur einem Gedanken? Und was ist geblieben von all den Millionen Geistern, die je gelebt haben? Ein Gedanke! Was wird man von Goethe nach tausend Jahren wissen? Übrigens spielt er jenseits keine größere Rolle als ich. Wir sind demokratisch bis zum TZ.«

»Jenseits? Gibt es ein Jenseits?«

»*Jenseits des Lebens.* Aber ich habe dir ja schon gesagt: *Wenn du willst, wirst du alles erfahren.*«

»Aber natürlich will ich. Was muß ich dazu tun?«

»Oh – eine Kleinigkeit. Du nimmst einen geladenen Revolver und drückst ihn auf dein Herz ab. Suchen wir hier!…Im Grase werden wir schon so ein Ding finden…Es gibt zahlreiche Verzweifelte, die die Neugierde ›nach dem Drüben‹ treibt, mit dem Revolver gerade hier die Frage an uns zu richten. Aber ein Strickchen tut es im Notfalle auch!«

»Ich soll sterben?«

»Sterben! Ah, jetzt fängst du auch schon an wie das Kamel, der Komödiant: ›Sterben! Schlafen!‹«

»Hat Goethe also nicht recht, daß uns nach Drüben die Aussicht verrannt sei?«

»Denkst du, ich lasse mir von dir Würmer aus der Nase ziehen? *Wir antworten erst, wenn man zu uns gehört!* Das ist Gesetz!…Na, willst du? …Hier.«

Das Geripppe hielt mir lächelnd einen Revolver entgegen, dessen Hahn schon gespannt war.

»Aber schwörst du mir auch, daß du mir dann antworten wirst?«

»Ich werde dir antworten, sobald du mich fragst!«

Ich zauderte und fieberte.

Die Nacht wurde müde; ein feiner, zarter Purpurschleier legte sich über die Bäume, und eine tiefe und unbewegte Ruhe breitete sich aus.

Der Morgen kam herauf, und das Gerippe Kocharskis wurde unruhig. Es hielt seine Hände, die verfaulten dünnen Baumästchen glichen, aufgerichtet und ausgebreitet vor seinen Kopf, und die gelben Füße, die unnatürlich lang schienen, berührten mit den Spitzen wie tänzelnd den Boden. Es blickte die Allee hinab, die es gekommen war, und wollte sich eben entfernen.

»Gib her!« sagte ich plötzlich entschlossen. Das Gespenst, das sich in den Morgennebel einhüllte wie in ein Leichentuch, reichte mir grinsend die Waffe.

»Wir wollen aber zu mir gehen,« sagte es und schritt mit wippenden Bewegungen voran.

Als wir zur Ruhestätte Kocharskis gekommen waren, gewahrte ich nichts als einen eingefallenen Hügel, auf dem spärliches Gras wuchs. Gierig, fiebernd und vor Neugier brennend, die Antwort zu erfahren, schoß ich jäh auf mich ab. Ich hörte noch den fürchterlichen Knall, der das Herz der Stille zerriß, vernahm noch das Hohngekicher Kocharskis, dann fiel ich leblos in seine knochigen Arme und – erwachte. Ich rieb mir die Augen aus, um besser zu sehen, aber ich gewahrte nur ein durcheinandergeworfenes Bett, in dem ich mit hintenübergebeugtem Kopfe lag.

Bachar Japhet

Wie viele an sich unwahrscheinliche Dinge gibt es, die von glaubwürdigen Leuten bezeugt sind, und wenn wir, wenn sie uns auch noch nicht überzeugen können, wenigstens in der Schwebe lassen müssen? Denn sie als unmöglich verwerfen, hieße mit verwegener Hand die Grenzen der Möglichkeit ziehen wollen.

Montaigne.

Es gibt gewisse Tragödien, die ebenso oft wiederkehren, wie Sommer und Winter. Wiederholt sich die Tragödie des Königs Lear nicht immer wieder, seit es Eltern und Kinder gibt? Trotzdem wird weder die Undankbarkeit, die Lear geerntet hat, noch das jammervolle Ende, das Vater Goriot gefunden hat, die Väter daran hindern, sich für ihre Kinder aufzuopfern und sich, wie die Pelikane, die Brust aufzureißen, wenn es gilt, die Jungen zu füttern.

Man verwöhnt sie, weiht ihnen sein Leben, denkt nur an sie, sorgt nur für ihr Behagen, opfert die eigenen Neigungen ihren Launen, vergöttert sie, läßt sich das Herz für sie aus dem Leibe reißen, und das alles ist noch gar nichts. Gibt es irgendein Leben nach dem Tode, so ist es wahrscheinlich, daß die Seelen der guten Väter auch noch von drüben her beschützend die Kinder umschweben.

Und sie nehmen alles mit selbstverständlicher Unbekümmertheit hin. Stellen die Väter sie nicht auf die gleiche Stufe mit den Engeln und natürlich weit über sich selbst? Und lieben die Vater nicht selbst die Schmerzen, die ihnen die Kinder bereiten? Und ist man nicht weit glücklicher in ihrem Glück, als in seinem eigenen? Ein traniger Blick von ihnen macht unser Blut erstarren. Nur wer Vater war, versteht die tiefe Wahrheit, daß Gott, der Vater von *allem* Lebendigen, nur die Liebe sein kann. Ah, man müßte die Allmacht Gottes besitzen, um immer durch ihr Lächeln beglückt und ihre herablassende Liebe belohnt zu werden. Um ihretwillen erduldet man tausend Demütigungen, scheut keine Kanossawege, und wenn die, von denen wir abhängig sind, uns erniedrigen, daß der Stolz uns das Blut ins Gesicht treibt, dann bleibt man um der Kinder willen stumm wie ein Stockfisch. Daran nicht genug, schreiben die Kinder die Opfer, die man ihnen bringt, einem eigennützigen Gefühl zu. Und endlich kommt eine Geliebte, ein Geliebter, und flugs schenken sie dem Fremden ihr Herz, und die Väter und Mütter gehen leer aus.

* * *

Vor langer Zeit lebte in der Einsamkeit eines verrufenen Waldes ein armer Mann namens Bachar Japhet. Von alledem, was er im Leben liebte, war ihm nur eine einzige Tochter geblieben, an der hing er mit der ganzen Kraft seines Herzens. Sie wuchs heran und war schön und an Körper und Geist wohlgebildet. Aber da sie von ihrem Vater nur Liebe empfing und nur Gutes hörte und nur von liebkosenden, traulichen und milden Worten umschwirrt war, wußte sie gar nicht, wie groß der Haß war, der in der Welt sein Unwesen trieb und seine böse Saat unter die Menschen säete. Sie hatte den Haß nie kennen gelernt. Wie ein Gärtner ängstlich darauf bedacht ist, von einer kostbaren Blüte alle bösen Einflüsse der Witterung fernzuhalten, so hielt Bachar Japhet alles von seiner Tochter ab, was ihre gleichmütige Heiterkeit hätte trüben können.

Sie führte ihrem Vater die Wirtschaft, hielt die Hütte sauber, trug Holz für den Herd zusammen und kochte und briet, was der Vater oder was sie an eßbaren Pflanzen, Kräutern und Pilzen fanden und an herumstreifendem Erd- und Luftwild erbeuteten.

Da sie ganz sich selbst, dem Wald und der Einsamkeit überlassen waren, verstummten bald die Gespräche des alltäglichen Lebens; sie hatten ohnedies nicht viel miteinander zu sprechen. Sie hechelten niemanden durch, verspotteten keinen und verhöhnten sich selber nicht einmal. Sie standen der gewaltigen Stille Auge in Auge gegenüber und hörten, wie es in den Gräsern sang und in den Kieferkronen rauschte. Sie vernahmen das Klopfen ihrer Herzen, hörten ihren Atem durch die Nase gehen und fühlten das Wesen ihres eigenen Seins.

Im Frühling sahen sie zu, wie die jungen, grünen Halme gleichsam von der Erde aufstanden und sich auf ihren kleinen Knien schaukelten, die so fein und dünn waren, wie die Gelenke der

Gazellen. Sie sahen, wie grünbronzene Käfer über den Weg liefen und metallisch blanke Fliegen im herabströmenden Sonnenlicht glänzten; wie auf den violetten Blüten die gelben Zitronenfalter saßen und die kleinen blauen Nonnen ängstlich vorüberflatterten. Im Winter saßen sie in der Stube, die Lampe surrte gemütlich und freundlich und warf einen warmen gelben Schein auf Tisch und Wände, während draußen der Schnee still und feierlich herabflockte. Dann empfanden sie wohl die Schönheit der tiefen Nacht. Die inneren Stimmen begannen zu sprechen, und Bachar Japhet warf den Panzer der Schweigsamkeit von sich und begann, seiner Tochter davon zu erzählen, wovon seine Seele so voll war.

Und allmählich geschah es, daß seine Tochter immer besser begriff, daß ihr Leben nicht eigentlich das Leben war, das draußen in der Welt lärmte und pochte, und sie begann sich nach jenem Leben zu sehnen. Um diese Zeit war sie recht stattlich von Ansehen und wert, einen Fürsten zu beglücken. Aber in diese Wildnis, in der sie lebten, kam selten ein Mensch; nur verirrte bettelhafte Wanderer zogen dann und wann vorbei.

Und Siwah sehnte sich sehr. Sie wollte fort von ihrem Vater, obwohl sie wußte, daß es seinen Tod bedeuten würde. Er hatte ihr ja erzählt, wie die Menschen aufeinander loshackten, wie sie sich belauerten, belogen, ausbeuteten und bekriegten. Sie konnte verstehen, wie gut sie es hatte, da keine von diesen Widerwärtigkeiten zu ihr drang. Sie fühlte, wie ihr Vater sie verwöhnt, wie er sich nur für sie geopfert hatte. Um sie vor allem Bösen zu behüten, hatte er sich hier vergraben; um seinem Kinde zu leben, hatte er sich der Welt versagt.

Aber für das alles wußte sie ihm auf einmal keinen Dank mehr. Ihr deuchte, er hätte sie um etwas Kostbares betrogen. Sie sehnte sich sehr

nach vielen, vielen Menschen und nach dem Tumult, den sie machen. Und da sie wohl einsah, daß sie nicht fortkommen konnte aus dieser Einsamkeit, begann sie dem Vater das Leben schwer und wüst zu machen durch Launen und Verdrießlichkeiten und kleine Ärgernisse. Aber weil alles von seinem Kinde kam, das er über die Maßen liebte, litt er und schwieg.

Nun merkte Siwah, daß ihm nicht beizukommen war, und daß nichts ihn wankend machte in seiner Liebe zu ihr. Da beschloß sie, ihn so böse zu machen, bis er sie voll Zorn fortjagen würde... dann wollte sie hinunter zu den Menschen und hinein in die Brandung des Lärms und wollte leben.

Aber nichts verschlug, und was sie auch anstellte, sie konnte nur gute Worte aus ihm herausbringen. Um nichts in der Welt hätte er ihr weh getan, denn er wußte, daß er keinen Augenblick leben konnte ohne sein Kind. Er merkte wohl, daß sie fliehen wollte und daß, wenn sie jetzt stundenlang schweigsam in die Glut des Herdfeuers starrte, die Gedanken nicht mehr bei ihm waren, wie einst, sondern, daß ihre Sehnsucht sie weit fortgeführt hatte, weit, weit fort. Und dies tat ihm sehr weh, aber er sagte nichts. Nur, als sie eines Nachts aufgestanden war und sich davongeschlichen hatte, so, als ob ihr Vater ein unnütz gewordenes Ding wäre, das man wohl liegen lassen konnte, da war er ihr nachgeeilt und hatte ihr klargemacht, daß sie zugrunde gehen müßte bei den Menschen, wenn er nicht mit ihr war. Sie verstand ja gar nicht mit den Menschen umzugehen, wußte nichts von Geldeswert und nichts von der lauernden Verführung. Und als sie begriff, daß ihr Vater recht hatte, verfiel sie auf eine andere List. Wenn sie allein nicht fertig werden konnte mit den Menschen, mußte der Vater eben mit ihr fliehen. Sie beschloß, die Hütte anzuzünden. Sie hatte dürres, duftendes Heu in die Stube gebracht und hatte es unachtsam neben die offen glühenden Scheite gelegt. Und in der Nacht begann es plötzlich zu knistern und zu knacken, als wenn reife Hülsen platzten, und die Flammen waberten um Tisch und Stuhl und krochen hinterlistig zum Bett hin, wo Bachar Japhet schlief. Siwah erhob ein lautes Geschrei, das den Vater weckte. Er wußte sofort, daß sein Kind das Feuer gelegt hatte, und er erkannte auch den Grund. Und nun sträubte er sich nicht mehr. Er ergriff sie bei der Hand und floh mit ihr zu den Menschen...

Aber Bachar Japhet konnte nicht mehr wie früher um seine Tochter sein. Er mußte darauf bedacht sein, so viel zu erwerben, daß sie beide leben konnten. Und während Bachar Japhet sich quälte und die niedrigsten Dienste verrichtete, während er das ganze Bereich der Erniedrigung durchwandern mußte, lebte Siwah in eitel Lust und gab sich allen Vergnügungen hin. Sie kümmerte sich nicht um ihren Vater, und sie fragte nicht danach, woher er die Mittel nahm, ihre unzähligen Wünsche zu befriedigen. Denn da ihr die ganze Welt ein Neues war, wollte sie alles haben, alles genießen, und Bachar Japhet war so sehr bereit, ihr zu willfahren, daß er für sie gar gestohlen und gemordet hätte. Und eines Tages fuhr sie ihm über die alt gewordenen Wangen und liebkoste die Runen auf seiner Stirn und küßte viele Male die Hände, in die all die harte Arbeit schwarze Linien gefurcht hatte, die aussahen wie herbstendes Gezweig. So lieb war Siwah schon lange nicht gewesen; aber wahrscheinlich hatte sie nun auch einen großen Wunsch auf dem Herzen. Und sie sprach ihn auch aus, indem sie zwischen jedem Wort einen Kuß auf das Haupt ihres Vaters drückte. Er konnte sich ihrer nicht erwehren, und sie zwitscherte um ihn herum und schmeichelte ihm und war so lieb, daß er allen Kummer vergaß und alle Angst.

Er schritt zur Ausführung einer schlimmen Tat und vergriff sich an fremdem Gut. Er glaubte, Gott könne ihn dafür nicht strafen, da seine Beweggründe keine schlechten waren, und nach den Strafen der Menschen fragte er nicht viel. Aber er wurde ergriffen und in den Kerker geworfen, und da er dort von seinem Kinde nichts hörte und nichts sah, siechte er hin und starb...

Siwah lebte indessen, solange das von ihrem Vater aufgesparte Gut hinreichte, sorglos weiter. Vom Vater dachte sie nicht anders, als daß er in seine Waldeinöde zurückgeflohen sei, weil er ihre Wünsche nicht mehr erfüllen mochte. Aber als es mit ihrem Besitz zu Ende war, kam die Armut und das Heerlager von Sorgen und Nöten. Sie träumte in dieser Zeit viel von ihrem Vater, den sie glaubte, hassen zu dürfen, weil sie sich von ihm verraten wähnte. Und im Traume selbst war ihr Haß so groß, daß sie sich freute, wenn die Gestalt ihres Vaters ihr erschien, die sie dann schmähte und höhnte. Aber er war selbst im Traume stets von gleicher Güte...

Eines Tages hatte ein junger Bursch, der ihre Unerfahrenheit kannte, sie nach dem Walde gelockt, um sie zu verführen. Er war entschlossen, Siwah zu töten, wenn sie sich sträuben oder zur Wehr setzen oder mit Klage drohen sollte. Plaudernd ging das junge Paar über die Triften, sprang über kleine Stege und verlor sich in dem Dickicht des Waldes. In einer von Mensch und Vieh gemiedenen Lichtung, die dem jungen Burschen für sein Vorhaben besonders günstig erschien, ließen sie sich nieder. Er hatte sie um die Hüften gefaßt und redete mit betörenden Worten auf sie ein; aber sie neckte ihn mit beharrlichem Sträuben und ablenkenden Reden. Und ihre Furcht war groß.

Ein Falter von selten schönem Farbenspiel tauchte plötzlich aus einem Blumenbüschel auf und begann das Paar zu umflattern.

»Ich will dich erhören,« sagte Siwah endlich zu dem Jüngling, einer plötzlichen Eingebung folgend, »wenn du mir diesen Schmetterling erjagst.«

»Nur dies?« fragte der Bursch und sprang behende auf, um dem Falter nachzulaufen, der spielend und tändelnd vor ihm herflog, sich bald auf einem wippenden Halm niederließ, um sofort wieder weiterzufliegen, wenn der Jüngling ihn erhaschen wollte. Und der Schmetterling und der Jüngling entfernten sich unterdessen immer mehr von Siwah. Der Bursche, ganz besessen von dem Wunsche, den schönen Falter zu fangen, war ihm über Geröll und Geklüft nachgejagt, und er befand sich bereits über dem Abhang einer tiefen Schlucht, als er plötzlich bemerkte, daß er weder vorwärts noch rückwärts konnte. Der Falter tanzte und gaukelte mitten über dem Abgrunde, und so seltsam war dies, daß der Jüngling nun des Glaubens wurde, der Schmetterling necke ihn mit Absicht. Da erfaßte den Burschen eine blinde Wut; er zog hastig seinen Kittel aus, um mit ihm nach dem Falter zu schlagen. Aber als er den Kittel schwang und ihn wuchtig auf den Schmetterling herabsausen lassen wollte, trat er in hitzigem Eifer zu weit vor, stolperte über braches Geäst und stürzte in den Abgrund...

Kaum sah Siwah sich allein, als sie aufsprang und davoneilte. Sie wußte nicht, wohin sie lief; aber bald schien ihr, daß sie die knorrigen Kiefern kennen müsse und auch das Dickicht und der hügelige Boden kamen ihr vertraut vor. Nachdem sie bereits mehrere Stunden gelaufen war, sah sie sich auf einmal an jenem Platze, wo einst die Hütte stand, in der sie mit ihrem Vater gelebt hatte. Sie ließ sich hier nieder, um auszuruhen und inmitten der schwarzen Verwüstung, in der nur verkohltes Gebälk und verkrümmtes Eisen lag, überkam sie eine überaus heftige Sehnsucht nach ihrem Vater und nach seiner Liebe, die sie stets wie ein warmer Mantel umgeben hatte.

Sie erinnerte sich der wunderbaren Sommertage, die sie im Schutze ihres Vaters hier verlebt hatte, erinnerte sich seiner Warnung vor den Menschen, erinnerte sich der Unzahl Opfer, des Übermaßes seiner Liebe, und sie weinte. Und weinend entschlief sie...

Im Schlafe träumte ihr, daß derselbe Falter, dem jener Jüngling nachgejagt war, sich auf ihre Hand niederließ. Sie erkannte ihn, haschte nach ihm und, ihn dicht vor ihre Lippen haltend, so daß ihr Atem ihn streifte, sprach sie zu ihm: »Ich danke dir, schöner Schmetterling.«

Der Schmetterling antwortete: »Ich bin es, Siwah, dein Vater... fürchte dich nicht... ich werde immer um dich sein!«

Von dem Traum freudig erschreckt, erwachte Siwah und sah, wie ein Falter von selten schönem Farbenspiel besorgt flatternd ihr Haupt umkreiste und dann davonflog...

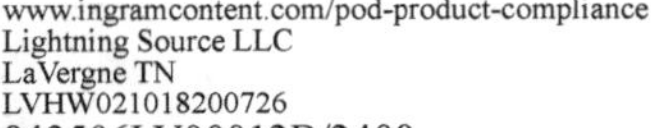